KB209489

거울속의 바다

거울속의 바다

박수현 시집

도서출판 **책마루**

서문

석양을 건너는 새들과 함께
사라진 길을 찾고 있네

일찍 어둠 속에 누운 그림자의 숨소리가 불현듯 들리는데

너라는 세상을 나를 통해 만지려는 내 손이
거친 열매처럼 툭 떨어지네

이미 사라진 나는 어디에 있는걸까
내 속에 저문 길은 어디쯤 멈추어 있을까

내 발은 떨어진 열매를 밟고 있네

차례

2부
해바라기

3부
당신을 위한 수식어

4부
바람은 혼자 다니지 않는다

1부

거울속의 바다

거울속의 바다 1

내 얼굴을 비추고 싶지 않은 계절이 왔어
사계에도 없는 백색의 계절이 거울 속에 있었지
당신의 중심이 흔들릴 때 백색의 거울이 무너져 내렸어
당신을 떠받치고 있던 투명한 기둥
옷을 벗고 입을 때 마다 전라의 생이 백색의 뿌리를 내렸지
나의 어린 시절로 거슬러 올라가는 찬란 한 빛
빨간 스웨터를 입고 거울 앞에 서 있을 때
황혼의 햇살이 바닷물로 밀려 들어왔지
붉은 바다를 끝없이 걸어가다 보면
노을이 남기고 간 흑백의 액자가 흔들리곤 했지
액자 속의 당신은 과거의 물이 흐르지
당신이 거울 속에 서 있으면 무엇을 배경으로 살지 막막해져
등 뒤에 있는 배경들은 영원히 손 닿지 않는 곳
나를 가리고 있는 나는 거울 속에 나를 버리고
당신의 투명한 얼굴을 찾아헤멨지
나를 온전히 찾을 수 있는 거울이
당신 속에 있을 것 같아
겨울에는 눈이 내리는 거울 속을 걸었어

충만 하지 않은 내 뒤는
날마다 어둠을 키웠지
뒤 돌아서면 영원히 나를 보여주지 않는
거울속의 바다는 지금은 어느 계절일까
나는 아직 물들지 않았어

거울속의 바다 2

시를 쓰려면
얼음같은 고독을 느껴보라고
누군가 나의 등을 떠밀었지
한 마디 말이 나를 눈보라치는 겨울로 떠나게 했지
봄이 와도 여름이 와도 거울 속엔 눈이 내렸어
서울을 떠나 춘천에서 겨울을 날 때
창 밖에는 눈만 내렸지
맨발로 소양강을 걸었어
다리를 건너면 내가 만나지 못한 세계의 침묵이
가득 차오를 것만 같았지
거울 속으로 소양강 바람이 들이닥치고
나는 추위에 떨며
차가운 햇살을 뒤집어 쓰고 있었지
혼자만 걸어갈 수 있는 길이 거울 속에 있었지
혼자 웃어도 아무렇지 않았지
거울 하나만 있어도 견딜 수 있었어
자고 일어나 문을 열고 나가면
새벽에 다리를 건넌 발자국이 궁금했지
도깨비 시장에 가서 꽁꽁 언 생선을 사오면
제일 먼저 눈이 풀리고

오랜 잠에서 깬 눈동자에서 얼음이 흘렀지
생선의 눈을 파먹은 저녁은 깊은 잠을 자기도 했어
옆 방 어린 아이가 생선 눈을 좋아한다고
내 눈을 달라고 했지
난 거울 속에 잠자고 있는 눈을 보았지
대문 밖에는 눈을 잃어버린
생선 대가리들이 얼음과 같이 굴러 다니고
비린내를 끌고 들어온 바람이 거울 속에서 잠을 자다 나갔지
혼자 걸어도 아프지 않은 거울 속의 바다는
참 따뜻해서
얼음같은 고독은 곧 잊혀지고 말았지

거울속의 바다 3

거울을 보지 않는다
해는 노을진 강가에서 저녁과 동거중이다
가끔 낯선 방문객이 거울의 어둠을 찢고 들어오고
뒷 모습은 보이지 않았다

장미꽃 봉오리가 거울에 며칠 머물렀다
담장을 훌쩍 넘어온 바람이 뜨거웠다
거울에 걸려 넘어진 발목에 가시가 걸려 있었다

스물 한 살 거울을 오랫 동안 지니고 있었다
극락새를 찾아 붉은 거울 속으로 들어갔을 때
극락새는 거울 밖으로 이미 날아간 뒤였다

숨은 그림 찾기 하듯 거울 뒤에 집착했다
어둠이 번들거리는 입술에서 미끄러지면
숨을 헐떡이는 거울이 보였다

계절이 바뀔 때면 거울 속을 가득 메우는 극락새가 날아왔다
예쁜 집을 지어놓고 정원을 만들고

높은 나뭇가지에 올라 춤추고 노래하는 그 새를 품고 있었다

오래 된 거울 속 밤의 퍼즐이 그리워 질 때가 있다

오래된 꿈

아침이 오지 않아서 계속 잠을 자고 있었어요
끝까지 내손을 잡았던 당신을 벼랑으로 밀어버렸죠

열어놓은 창문 하나가 세상을 끌고와 수다를 떨었죠
한 발자국만 넘으면 상상한 모든 것들이 무너지는
창문이 거기 있었어요

반쯤 열어놓은 창문이 씨를 뿌렸죠
자고 일어나면 바오밥나무가 되거나
장미꽃이 가득한 정원

씨앗은 땅속에서 반신반의 하죠
세상엔 빛이 있을까?
적당한 온도와 물의 결핍을 느끼며 잠속에서도 피로해졌죠

옥상 정원에 허브씨를 심었죠
걱정과 불안의 습기를 머금은 채
씨앗은 발아를 포기하거나
분노를 터트리거나
젖은 땅에 순응하며 싹을 올리거나

잠을 자고 일어나면 벼랑으로 밀어낸 당신이
나무를 타고 올라왔죠
손을 뿌리칠 수 없었죠
젖은 땅에 순응한 뿌리가 내 목을 칭칭감았죠

잃어버린 밤 1

대부분의 사건들이 책상 앞에서 이루어졌다
책상에서는 책을 읽지 않았다

바람없는 초록 숲에 흘러가던 글자들,
누군가 내 이름을 부르기 전까지는 책상 앞이라는 것조차,

누군가를 향해 날아가던 분필과
출석부 모서리에 머리를 찍힌 아이들과
양쪽 귀가 찢긴 아이들이
책상에 머리를 처박았다

점심 전에 도시락을 까먹은 아이들은
책상 위에 올라가 무릎을 꿇고
쇠자로 발바닥을 맞았던,

밀린 숙제들이 쌓이고
밤 12시가 넘으면 멍한히 뚫린 창호지 문으로 별을 바라보
았다

책상 앞에 앉아 있는 나를 바라보는 눈을 벗어날 수 없어서

책상 앞에 앉아 책으로 얼굴을 가리고 있었다

책 속에는 개미들이 우글거리고
숨을 구멍을 찾아가는 긴 행렬
빨리 집으로 돌아간 아이들이 책상 앞에 돌아오지 않았다

책상 앞에서는 책을 읽지 않았고
책상 위에는 엎지러진 물이 잃어버린 밤처럼 흘러가고 있다

잃어버린 밤 2

여기 까지가 당신의 가슴입니다
책상의 반을 가르듯 우리는 오른쪽과 왼쪽
구분을 했습니다

잘 구분되지 않는 사람도 있습니다
남자인지 여자인지 중요하지는 않았는데
참 그게 중요했습니다

중요 부위를 가리라고 하면 우리는 어디를 가릴지 몰라 생
각에 잠겼습니다

가슴에서 멀어질수록 생각하는 로뎅의 무릎을 쳤습니다
생각하는 갈대를 이해할 수가 없었습니다

바람부는대로 살아가다가 당신의 선을 넘을까봐 두려웠습
니다

당신의 왼쪽과 나의 오른쪽 어깨가 부딪히는 시련이
우연히 지나갔습니다

생각하면 참 좋은 날이 번개처럼 지나갔으므로
당신의 가슴은 가끔 벅차 올랐습니다

상, 하를 구분 하는 것이 가능할까요?
다리를 움직이지 않고 심장을 옮길 수 있을까요?

난 그런 밤에 바람부는 대로 날아가고 싶었습니다

잃어버린 밤 3
-불면증

잠의 경계에서 떠도는 유성이 된다
눈을 감아도 빛이 덜거럭거린다
원인 불명의 소리가 불꽃으로 점화되는 순간
어두워지려던 생각들이 접촉불량으로 깜박인다

필라메트가 꺼진 밤은 복잡한 구조의 DNA를 가지고 태어
났다
밤을 잊기 위해 주기적으로 잠을 청하는
기나긴 시간

터널의 중간 쯤에서 체위를 바꿔본다
카카오맵을 켜고 번지수를 잘못 찾은 불면이 눈을 감고 갈
수 있는 세상에서 배회한다

하루 분량을 초과해서 누워있는 시간은
미리 무덤을 예비하는 일
진화되고 예민한 도구로 잠을 추적해도
리모콘에 반응하지 않는 신경세포

밤새 들척이다 날아가는 새
어제도 날새다

나무들의 장례

불씨가 불멸의 나이테 속으로 스며든다
검은 가루 흩날리는 숲
바람만 일어서는 골짜기
검게 타는 나무의 울음이 쌍령동 골짜기를 넘는다

나무들의 장례는 이승의 뿌리가 말라갈 때까지 끝나지 않고
숲은 검은 구름으로 뒤덮였다

불을 밟으며 네게 걸어가면 너를 만날 것 같아
불가마 앞에서 불꽃 한 송이 세운다

여름날 한 쪽만 타고 있는 너의 몸을 읽지 못했다
그늘로 쓰러지는 너를 일으킬 수 없었다

우리의 꿈은 푸른 숲을 넘어 불꽃을 넘어
숲에 깊이 잠들어가는 것

수명을 다한 나무가 골짜기를 건너
늙은 나무 그늘을 건너

숯덩이를 짊어진 어둠 속으로 밀려온다

황야의 모랫 바람은 꿈이 부서지는 소리
네 환한 얼굴은 불을 넘어야 한다

화부는 캄캄한 가마속에 푸른 날을 밀어넣고
삼일 밤낮 불을 지펴 나무들을 장례를 지냈다

숨을 놓아버린 칠흑의 가마 앞에
화부는 긴 장대를 탁탁거리며 밤을 세운다

불씨를 다독이며 불의 숨을 토해낸다
불꽃이 희미해지고
먼 곳 검은 짐승의 발톱에서 피 냄새가 사라질 때까지
눈 안으로 몰아치는 재를 견뎌야
불의 바다는 끝이난다

이정표이었다가 큰 그늘이었다가
수명이 다하면
톱으로 잘라져 끝내 숯이 되는 나무가

26

숲을 지나가는 나에게
황야에 뿌리내린 그녀를 물었다

흙은 부서지고 네 심장은 차가왔다

웅성대는 사람의 소리가 이명으로 들렸다
사람들이 나침반의 극을 붙잡고 흔들리고 있었다
모퉁이를 돌아가던 바람이 골목을 갉았다

시간이 흐르다가 쌓인 곳은 조금씩 무너져 내렸다
나에게 쌓여간 사람들, 밥, 추억
모퉁이를 돌아가는 바람은 어깨를 부수고 지나갔다

좁은 골목길에서 죽음은 쉽게 발견 되었다
입에 거품을 물고 죽은 사람의 입을 아무도 만지지 못했다
까치발을 들고 바라보는 죽음의 창문

시간은 흘러가고 적당한 곳에 쌓여 눈물에 젖였으므로
우리는 그런 슬픔이 어디서 오는지 몰랐다

추억 속에 쌓인 일기장을 펼치면 심장이 녹아버린 흙냄새
가 났다
기억마저 잊혀질까 두려워 눈물이 그렁그렁한 연필을 꾹꾹
눌렀다

네 심장은 차가왔고 너의 얼굴은 하얗다
곱게 빗은 머리칼이 땅으로 스몄다고 일기를 쓰던 날

흙이 무너지는 소리 들었다
사람들이 나침반의 극을 붙잡고 흐느꼈다

한 그루 나무와 달

잠을 자려는 머리 위로 달이 뜬다
가까이 온 달이 잠을 깨운다
나는 읽던 시집을 접고 쾡한 달의
눈을 바라본다

아직 세상에 나오지 못한 손과 발이
죄없이 살았다
동공없는 눈을 용서해준다
달 속에 자고 있는 한 사람이 걸어나온다

흰 버선발로
동네 어귀까지 나와 나를 기다렸다
아직 살아있을 것만 같아 놓지 못한 손이 보름달로 부풀
어 오른다
눈 앞에서 사라진 모든 것들이 달나라로 갔다고 믿고 싶은 날

벌판에 서있는 한 그루 나무와 달의 나라를 지었다
서로의 그림자를 끌어안고 차가운 심장을 부비다 사라지는
밤을 넘듯이

달의 방은 비어 있다

눈을 감아도 창문을 두드리는 달의 목소리
물 흐르는 소리가 들렸다

스무숲*을 찾아서

스무숲에 가서 길을 물었다
이름만 떠돌고 있을 뿐 스무숲은 보이지 않았다

어딘가 스무숲이 있을거라는 추측으로 봄날이 시작되었다

소나무 밑에서 흘러오는 아스라한 물결소리로
스무 개의 소나무가 서있는 숲을 찾았다

송화가루 날리는 언덕으로 날이 저물고
송진내 끈적거리는 발목으로 마을을 배회했다

송어가 흘려놓은 비린내를 따라
소양강가로 가면
스무숲이 보일 것 같았다

강바람에 밀려온 소문은 송화가루로 흩어지고
사람들이 건지지 못한 그림자만 출렁거렸다

석사동에서 소나무가 흘려놓았을 오솔길로 들어섰다
내 어린 날이 바위에 누워

우듬지에 쏟아지는 햇살 속으로 걸어갔다

봄비 스쳐간 맑은 눈이 보였다
가슴에 번개를 긋고 갔던 찰라의 손
숲을 불지르고 떠났던 그 손을
오랫동안 놓지 않았다

*스무숲 춘천 석사동에 있는 지명

붉은 흙

봄은 어디쯤 잠들어 있었을까
붉을 흙을 파다 말고 여기가 무덤이었을까
흙묻은 맨발로 걸어가는 봄을 따라간다
쑥향기를 따라가다 만난 얼굴이 푸르렀다
나비가 앉았던 꽃무덤에서 살 냄새가 났다
흙으로 살을 빚으면 눈 코 입이 살아났다
무덤에서 시작된 봄이 푸르고 흰 꽃을 피우고
흰 나비는 어디선가 날아왔다
꽃이였을까?
나비가 사리지고 난 허공에 오랫동안 남아 있던 동공 없는
얼굴
붉은 흙 속에서 흙 묻은 발이 걸어나왔다
걸어 갈 때 마다 움푹 패인 얼굴이 보였다
얼마나 오랫동안 잠들어 있었을까,
조용이 숨죽이고 있는 겨울 **뼈**
아직 봄은 멀다는 듯 바람이 차가왔다

계란 후라이

내가 깨버린 한 마리 새
혹은 더 많은 날들이,
동그랗게 접혀 있는 몸을 열면
서로를 날아갈 수 없는 흔들림이 차올랐다

눈 귀 손과 발이 없는 시절을 굴러다녔다
바닥은 평평하지 않았으므로
눈을 질끈 감고 깨져야만 했다

내 속을 다 보여주고도 터트릴 무엇이 남아서 흔들렸다
활 화산에서
흰 레이스를 두른 소녀가 공포에 질려 뛰어내렸다

혹여 하루나 이틀 널 품고 있었다면
날 수 있었을까
껍질을 깨고 나온 부리는 세상에 닿지 않았다

매일 벗어놓은 껍질의 바다
비린내 가득한 무덤을 숲으로 옮겼다

둥지를 사용하는 습성

잠결에도 그 새의 울음 소리를 듣는다
푸른 깃털로만 소통하는 바람의 길
하늘과 맞닿은 둥지에서 새들의 숙명은 결정된다

짝에 의해서 새로 짓는 둥지
위험한 시기의 숲을 지나서
죽은 새들은 날개 속의 숲을 놓아준다

짝짓기 기간만 각별했던 구애의 방식
사는 방식이 다른 새들은
다른 짝을 찾아 둥지를 버린다

축제 기간에만 둥지를 짓는 새
화려한 깃을 나무에 걸어 두었다

할 얘기가 많은 밤일수록 울음을 더듬거렸다

하늘과 맞닿아 있던 너의 둥지가
계절의 시작이었던 것을

새로운 길은 둥지를 헐며 시작되었다
본능이 살아나는 시기가 되면
눈 감고도 읽을 수 있는 길이 날아오른다

우물

가늠 할 수 없는 깊이가 출렁거렸다
두레박을 내리면 날개를 펴고 날아오르는 물살이 보였다
모르는 바닥을 끌고오는 무게가 나를 자꾸 알 수 없는 깊
이로 끌어내렸다

목마른 사람들이 한 날 한 시에 모여
우물을 파자고 웅성거렸다
팔짱을 끼고 멀찌감치서 굿이나 보고 물이나 마시자고 하
는 사람도 있었다

마을 사람들이 물길을 찾아 밤이고 낮이고 땅을 팠다
물길이 잡히지 않자 날마다 굿하는 소리가 쟁쟁하였다

마을 사람도 지치고 굿도 시들할 때
물길이 치솟았다
물은 물을 끌고 우물을 가득 채우고도 넘칠듯 출렁거렸다

밤마다 몰래 우물로 가는 사람들이 많아졌다
우물가에서 마주치는 사람들은 다 알만한 사람들이었다
서로가 모른 채 하자고 어둠을 핑계 삼았다

필요 이상으로 목을 축인 사람들이 젖은 발자국을 남기고
사라졌다
우물에 빠진 달을 그리워하는 사람들이 늘어났다

두레박을 던지면 사라진 달이 출렁거렸다
손과 발을 감춘 하얀 달이 물 속에서
나오지 않았다
팔짱을 끼고 멀치감치서 바라보았던 사람도 우물가를 떠나
지 못했다

바닥을 모르는 깊이에서 무성한 소문이 출렁거렸다
누군가는 입을 봉해야 한다고 우물을 탓했다

2부

해바라기

해바라기

하루 종일 햇볕이 놀다간 자리
발자국처럼 시든 꽃잎
사다리 타고 내려온다
문을 열면 마당 한 가득 벌어진 해바라기
긴 그림자 안방까지 들어와
잠을 자기도 하던
낮 동안 키웠던 몸이 뜨거웠다
제 열망에 사로잡혀
눈을 떼지 못했던 그 높이
푸른 하늘 짓무르게 고개 들었던
목덜미에서 푸르고 넓은 대지가 떠내려갔다
온 힘을 다해 긴 터널을 통과했던 물방울들이
둥지를 틀고 소란스럽게 몸 흔드는 날은
제가 감당하기 힘든 큰 꽃을 피우기 위해
노랗고 긴 손가락을 펴고 있었다
한 줌의 햇살 같기도 하던 노란 꽃술 부려놓고
앞마당을 달빛같이 채우던
그림자를 딛고 나는 자랐다
그 작은 씨앗 속에서 거인처럼 솟아오르던
희망의 줄기를 붙잡고

너무 느리게 자라는 내 키를 기대면

기차소리처럼 다가오던 먼 미래

잘 익은 태양을 가득 싣고

불꺼진 간이역마다

해바라기 같은 등을 매달고

천천히 달려오던 녹색의 터널에 웅크리고 앉아

천천히 기다리는 법을 배웠다

해 그림자 길게 모래알을 흘려놓고 가던

여름철마다 사다리 타고 올라가

해바라기 속에 씨앗처럼 많은 집을 지어놓고

햇살을 파먹던 그 높이

녹색의 터널은 길고 지루한 여행이었다

2001년 경인일보 신춘문예 당선작

노랑

은행잎 다 떨어진 늦가을의 길은
허공에 발을 들인다
노랗게 물든 발바닥으로 석양을 밟는 새들
화살표가 가리키는 곳으로 방향을 튼다

고흐의 네 송이 해바라기
열 네 송이 해바라기
열 다섯 송이 해바라기
귀가 말라가는 해바라기

아를의 들판을 끌고 찾아가는 노란 집
테오에게 주었던 해바라기는 고개를 돌리고 있다

달맞이 꽃 핀 언덕에서 고흐는 잠들지 못한다
달 속에 가을이 깊어가고
달맞이 꽃을 밟아 하늘로 오르는 길

바람에 흔들리는 노랑을 정강이까지 걷어올리면
노란 치마에 떨어지던 별

가슴을 맞대면 중앙선을 침범하는 너의 노랑이 보였다
비상구에 흘린 노랑구두는 12시를 넘지 못했다

너에게 가는 길은 귀가 열려있을까
고름을 짜내던 질투와 증오
정강이까지 쌓이는 은행잎을 밟으며
늦가을 끝까지 노랗게 물들인다

화살표는 겨울을 향하고 있다

어두워질 때를 기다리며

그 문은 항상 열려 있었지만
아무때나 들어갈 수는 없었다
낮과 밤의 얼굴을 기억하는 문이었다

어두워 질 때를 기다리며
커피에 필요 이상의 설탕을 가미했다
서로의 쓴 맛을 달래며 시간은 더디 흘렀다

불현듯 어둠이 와 있을 때 우리는 낮의 얼굴을 기억하지
못했다

서로 다른 행성에서 온게 분명하다고
짐승의 촉각을 더듬거렸다
어둠의 깊이를 가늠할 수 없었다

낮에는 보이지 않던 바닥이 끝없는 나락으로 파고 들었다
서로의 동굴을 보고 말았다

앞과 뒤가 없는 동굴 속에는 검은 돌멩이들이 쌓여 있었다

천년을 허물어도 깨지지 않는 돌이었다

슬픔과 번민의 이끼를 뜯어 먹는 벌레들이 우글거렸다
등을 돌려야 보이는 바닥이었다

밤새 어둠을 밀쳐내도 아침이 오지 않았다

유월에

아이는 배속에서 자꾸 출렁거렸다
보이지 않는 벽을 향해 발길질을 했다

마당에 있는 포도나무 순이 빠르게 자라났다
푸르고 연한 손을 만지며 6월이 무르익었다

발길질을 멈추고 아이는 갑자기 세상에 나왔다
아무도 오지 않았고 내 품속에는 너만 있었다
반짝이는 포도알이 마당을 가득 메웠다

거센 비바람이 치는 밤에도 내 품속에는 너만 있었다
천둥 번개가 쳐도 너는 울지 않았다

포도순이 마당을 가득 메우고 밤이면 검은 손이 바람에 흔
들렸다

입속에 싹이 난다고 아이가 말했다
포도씨 만한 이가 햇볕에 반짝거렸다
포도알을 깨무는 아이의 입에서 푸른 세상이 반짝거렸다

시계

이 계절을 쓸며 지나가는 소리
혹은 축축히 젖어있던 침묵이 바늘을 세우는 소리
밥 먹듯이 시간이 가버린 지금
또 밥 먹을 시간이 돌아오네

따뜻하게 밥을 먹을 수 있는 시간을 헤아리네
그녀는 시곗 바늘을 돌리며 혼자 오른쪽으로 갔다

역주행은 있을 수 없는 일이지
그녀는 반듯하게 누워 마지막 시간을 바라보았다

나 없는 시간에 홀로
우측 보행을 멈추지 않고 계속 걸었을 그 자리

멈추어 있는 빈 집
시계는 제 자리에서 밥 먹을 시간을 맞이하네

시계 밖의 시계를 넘어가면
오른 쪽 세상은 아직 온전 한데

언덕 위의 하얀 집

창문을 닫으면 물에 젖은 바람소리 멈출까

언덕 위의 하얀 집은 한 번도 가보지 않은 곳
언덕을 넘어가면 하얀 집이 보일 것만 같았다

좁은 길에서 시작된 푸른 페이지
번호가 없는 나무들이 백색의 바람을 일으켰다

오래 전 사람이 사라진 빈 집에서 이름 모르는 얼굴이 일
어섰다

풀벌레 무너지는 소리를 내며 하얀 풍차는 돌아가고
길가에 흔들리는 나뭇잎은 이미테이션으로 손을 뻗치는데
정적에 휩싸인 숲은 땅거미가 내려
길은 보이지 않았다

물에 젖은 발소리에 끌려 도착한 곳은
강물 속에 잠긴 하얀 집
모르는 얼굴이 떠오르고 있었다

길이 처음 시작된 푸른 페이지를 되짚어가다가
나를 의심하기 시작했다
너를 잘 못 읽었다

처음부터 돌아가 진술서를 천천히 뜯어본다
오래전 부터 풍차는 여기 있지 않았다
길 위에 버려진 저녁은 어제의 시점을 지나고 있다

출생의 비밀

네 어머니가 누구니 물으면 난 물이라고 말했다
출렁이는 물결 사이로 엄마가 떠올랐다
애야 물가에는 가지 말아라
난 물에서 자랐잖아요
출렁이는 물길을 엄마가 막아섰다
젖은 앞치마에서 엄마가 흘러내렸다
애야 난 아픈 것이 아니란다
너를 나을 때도 물결이 흐르는 줄 알았다
출렁이는 목소리가 하염없이 떠내려갔다
물길을 따라가면 출렁이는 품에 닿을까
뼛속까지 스민 햇볕이 붉은 물을
토해 내었다
아가야 울지 말아라
물속에 잠긴 엄마 얼굴이 스르락스르락 흐느꼈다
꼭 껴안으면 녹아흐르는 목소리
나의 얼굴을 알 수 없을 때
물 속을 들여다 보았다

물봉숭아

푸른 종소리가 잠을 깨웠다

누워있던 책갈피에서 일어나
젖은 발목의 골짜기를 찾아나섰다
손 끝에 닿은 마른 가지에서 꽃씨가 흩어졌다

해가 지고나면 달 그림자에 얼굴을 묻고
아픈 곳을 긁으며 상처는 아물었다
키가 다 자란 것도 모르고
내 키보다 낮은 울타리를 넘지 못했다

물 속에서 수런거리는 발소리
새들이 나무 위에서 울음의 발톱을 세우고
수명을 다한 나무는 쓰러진 풀을 밟고 누웠다

물가에 바람으로 날아와 귓가의 종소리를
씻는 꽃말을 들었다
종을 닮아가는 꽃들이 바람을 따라갔다

물에 젖은 얼굴을 들어올리는 아침
신발 속엔 부르튼 발이 뿌리를 내렸다

제비꽃

그냥 지나칠 수 있었는데 쪼그려 앉아 다시 본다
앉은 자리를 확인하고 작년에도 다녀 간 흔적을 읽는다
바람이 보내온 티끌들이 푸석푸석 먼지를 일으키는데
고개숙인 침묵이 땅을 밀고 올라온다
밑둥에 숨어있던 잔가지들 까지 끌고 나와 땅 속의 어둠을
추억한다
눅눅하고 끈적거리던 방이 누구에게나 한 개씩은 있다고
생각한다
일생에 단 한 번도 꽃피울 수 없다고도 생각한다
별빛을 보기 위해 까치발을 들고 창문을 연다
밤하늘에 맴도는 보랏빛 기운에 웅크리고 생각에 잠길 때
아득하여 나는 세상에 있지 않다
잠을 털고 일어나면 또 다른 새벽이
푸른 종을 울렸다
고개를 흔들면 밤새 모아두었던 눈물이 터졌다
누군가 나를 흔들어도 고개들지 못하고
발 밑에서 푸석거리며 다시 꽃피는 소리
그 소리가 나를 바람 속에 살게 한다

봄 밤

기다리지 않아도 다시 오는 줄 알았지
더디 핀 꽃이 옷고름을 풀어헤치고
땅에 떨어질 때
문득 고개숙인 저녁이 울었다
땅 끝은 보이지 않고
하염없이 떨어지는 꽃향기를 받아내는 기다림
울타리를 넘어가면 또 다른 향기가 상처를 내며 울었다
가시덤불이 너무 자라 스스로를 넘어설 수 없는 마음에서
독한 향기를 맡는다
기다리지 않아도 오는 것들은
독을 품고 오는 것이라고
푸른 싹이 비수처럼 솟아나는 봄 밤을 걸었다
꽃이 지는 자리에 열매가 맺히는 걸 알듯이 봄 밤을 앓았다
꽃향기가 와르르 무너지는 절벽을 넘었다

자목련

유난히 시린 겨울이 지나갈 때 자목련이 보였다
아직 눈이 녹지 않은 길이 희끗희끗
뒤를 돌아보았다
너무 일찍 온 것은 아닐까
아무도 지나가지 않은 새벽 녘
잠에서 깨지 않은 안개가 축축한데
귓볼 시린 바람에 꽃잎 하나가 창문을 열었다
들어가도 좋을까요?
난 추운 손을 녹이려 자목련이 피어있는 대문을 두드렸다
붉은 두건을 쓴 노파가
마루에 내려앉아 목련향을 피웠다
어디서 왔냐고 묻지도 않았는데
자목련 핀 하늘이 보였다
두런두런 봄이 오는 길
노파는 내년에는 또 오려나 눈을 붉혔다
붉은 발자국이 마당을 지나
눈 쌓인 뒤란으로 숨어들었다

철쭉이 필 때

소쩍새 울음이 붉게 들렸다
누구냐고 묻지 않아도 알만한 얼굴이
붉게 모여 있었다
그림자도 등이 붉어져 환해진 길목
근원이 붉은 것들이 발에 채였다
오랫동안 아프다가 지나간 사람을 불렀다.
자꾸 붉은 것이 쏟아져 그냥 걸어갈 수 없었다
몰아치는 사랑이 부질없음을 알 때
붉은 것이 퇴색되었다
화색을 잃어버린 얼굴을 오랫동안 꽃병에 꽂아놓았다
꽃잎이 떨어지는 것을 해가 질 때까지 헤아렸다
어두워져야 보이는 것들이 많아진
스무살 무렵
글을 쓰면 붉은 것이 토악질을 했다
철쭉도 아닌 것이 거리로 쏟아져
꽃잎으로 쓸려가고
철쭉을 오랫동안 들여다보면 비명소리 들렸다
붉은 것은 붉은 것끼리 따뜻해져
몸을 넘어갔다
내 몸을 넘어가는 철쭉의 체온이 해가 지날수록 차가왔다

가을비

누구를 대신해 젖은 몸을 내려놓는가
메마른 눈에 눈물을 부어주는가
죽은 사람도
슬퍼하는 사람도 보이지 않는데
내가 보지 못하는 저 곳으로
내가 가지 못하는 저 곳으로
흘러가는 빗물
마른 낙엽을 품고 떠내려가는 빗물
어느 곳에 멈추어서면
어둠속에서만 울었던 속울음 흘러내릴까
미처 애도하지 못했던 죽음을 놓아줄까
보았어도 보지 못한 척
슬프지 않은 척 빙산이 자란 곳을
후두둑 건드리며
같이 흘러가자고 온몸으로 흘러가자고
흐려진 눈에 빗물 쌓이네
쌓여서 흙더미 무너지듯
몸 쓰러지면
나는 젖은 바닥을 내가 살았던 전부인양
끌고갈까

끌고갈 수 있을까
골고다 언덕을 넘듯이
십자가 위에도 빗물은 흘렀겠지
온 몸으로 마주쳐야 내어주는 바닥을
후둑후둑 발자국 내던지며
걷다가 또 쓰러지네
바람인듯 흔들리다가 또 걷고있네
사람들 모여들다 흩어지고
말소리도 발자국 소리도 사라진 길 위에
빗물이 쌓이네

3부

당신을 위한 수식어

달과 립스틱

달이 지나간 자리 립스틱으로 채워넣는다
휘어지는 골목길에 립스틱을 버리고 왔다
아라비안 나이트를 읽으며 깊어가는 밤
여자들은 달 밝은 밤에 립스틱을 지우지 못하고 목이 잘렸다
립스틱을 바르고 주문을 외워도 달의 입술은 열리지 않았다
먼 곳에서 돌아온 사람들이 립스틱을 의심했으므로
달은 창백하게 기울었다
아무일 없다는 듯이 입술이 붉어지는 날은
아라비안 나이트에서 춤을 추었다
아 애 이 오 우
거울 속에서 말문이 트이는 모음과 자음
거울 속으로 들어 온 달의 난간에 걸터앉아
아무도 오지 않은 밤을 안심했다
누구도 들여다 본 적 없는 달의 방에서
한번도 바르지 않은 립스틱을 찾았다
투명한 새벽을 맞이하는 이슬과
부드러운 바람의 숨결이 숨쉬는,
목덜미를 잡히면 안되었다
달이 다 지나가기 전에 골목길을 벗어나야 했다
담장을 뛰어넘은 그림자들이 입안의 말을 찾았다

삼켜서는 안되는 글씨가 입안에 맴돌았다
립스틱의 바닥이 보이는 달이 다시 돌아왔다

가시나무

가시나무새야 오지마라
이 벌판은 황혼에 더 빛나는 가시나무 군락
스스로를 찌르지 않으면 알 수 없는 통증이
붉어지는 곳
바람에 밀려 여기 까지 왔다면
찰라에 앉지마라
푸른 잎을 내는 봄을 지나
꽃피듯 가시도 제 아름다운 손톱을 다듬으며 창문을 열었다
내일은 기다리다가 눈 앞에서 사라지고
방황은 제 자리로 찾아와 어제의 피를 흘리고
지키지 못한 약속이 가시나무처럼 늘어난다
닿지 못하고 스쳐 지나갔던 손이 흔들린다
가시나무를 닮은 손이 슬픔을 끌어안을 때
눈물은 피가 되었다
보내지도 못하고 떠나지도 못하던
그 벌판에 아직도 가시나무는 온전하다
아무것도 없어 하는 순간
가시나무가 계절을 가득채웠다
온전한 아버지
온전한 어머니

64

온전한 하루를 마치고 집으로 돌아오는 저녁
통증을 잊은 하루였다
투두둑 가시나무 열매가 떨어지는 황혼이 오면
머리를 짓누르던 가시나무가 보였다
가시나무에 걸린 새가 제 피를 핥고 있다

당신을 위한 수식어

해가 기울어지고 노을은 어제의 어깨를 다 내려놓지 못했습니다
반찬을 만들 시간입니다
밥을 먹기 위해 시간은 소금으로 절여졌습니다
땀으로 범벅 된 몸을 물 속에서 지웁니다
빈 밥 그릇 안에 몇 개 남겨진 밥 알,
흰 빛을 탐닉했습니다
뽀얀 국물과 당신이 참 따뜻했습니다
저녁에 국물을 들이킵니다

한 수저씩 떠먹다가 들이키는 마지막 순간이 참 아쉬웠습니다
손을 어디다 놓을지 몰라 뒷짐을 지고
밥 없이는 참을 수 없는 비애를 흐느꼈습니다
내 어깨를 두드리는 저녁과 어둠 사이에서
누가 먼저 와도 나는 괜찮다고 생각했습니다
당신의 흰 얼굴을 또렷이 바라볼 수 있는 수은등이 좋았습니다
이것과 저것을 구분하는 것이 더 힘들어지는 밤이었습니다
은하수가 또렷이 보이는 밤에 당신의 흰 얼굴을 바라봅니다
밥을 지을 시간 흰 쌀이 추르륵 흘러내리는 소리

당신이 오고 있습니다
밥 짓는 냄새가 끓는 체온을 참으며 톡톡 터지고 있습니다

숲

그냥 숲이 좋아 숲으로 가고 있었다
숨어들 듯 스미는 그 곳의 일부가 되어
팔 다리를 내려놓았다

숲속의 아이들은 나무 뒤에 숨었다
발자국을 잃어버린 바람이
그늘 속에서 사그락거렸다

숲에서는 숲이 보이지 않았다
청솔모가 날아다니고
직박구리 울음이 들리는 곳으로
아이들이 사라졌다

나무는 살아온 흔적을 제 열매로 되물으며
숲이 깊어지는 줄도 모르고 계절을 보냈다
숲에 의지하며 살아가는 것들과
숲을 가로지르는 길들과

시간이 흐르면 흔적이 사라지듯 기억은 삭아들었다
숲에서 놀던 아이들이 다시 돌아와

푸른 기억을 토해냈다

숲은 가만히 있지 않고 한 발 물러나
흩어진 씨앗을 불러들였다

호반

누군가 들려 준 얘기가 있어
귀에 못이 박히도록 들은 얘기가 있어
그것이 꿈이 된 것도 같아서

산과 강이 있는 마을 저 먼 곳으로 떠났다
산 넘고 물 건넜던 소문은 살을 흩어버리고
알듯 말듯한 목소리로 찾아 왔으므로
그것이 처음부터 있었던 호수처럼
마음을 점령하고 있었다

늦가을에 이르러 호수는 제 얼굴을 찾았으므로
나는 내 얼굴을 찾으러 호반의 도시로 갔다
거칠게 등을 떠미는 바람이 흩어진 길을 몰고갔다

하늘이 물 속에 내려앉은
물 속에서 새가 날고
나무는 목 마르지 않은 집을 짓고 있다
물 속의 집은 날마다 흘러가서
숲을 지었으므로

나는 물결의 숲에 머물러 뿌리가 자라는
바람의 노래를 들었다
물속은 늙은 얼굴로 가득해지고
호반은 마을을 물결로 뒤덮었다

마음 젖은 사람들이 집을 버리고 떠나기 시작했다
추위에 견딜 옷 한벌을 챙겨 느릿느릿 저무는 길로 사라져
갈 때
호반은 보이지 않았다

헤어질 결심

이제 저녁은 낡고 우린 헤어져야 한다
너를 입고 벗었던 모든 저녁이 불을 끄기 전에
서로의 빛이 조금 남아 있을 때 우리 헤어지자
누군가 벗어놓고간 저녁을 불태웠다
옷걸이에 매달려 있던 체취들이
서랍 속에 접혀있던 거리들이
사라져가는 하늘을 보았다
테이블에 쌓아놓았던 저녁이 빈 병을 채우며 엎질러진다
별이 뜨고 달이 지던 발걸음을 따라
낡은 저녁은 상처투성이 무릎을 끌고왔다
이젠 안녕이라고
너의 질감은 봄을 지나 가을이 오기전에 부스러진다
꽃무늬 속을 날아다니던 꿈은 압핀에 꽂히고
미리 탕진한 저녁은 오지 않을 것이다
불켜진 방
불켜진 거리
불켜진 카페
입술에 번지던 부드러운 질감의 거품이여 안녕 안녕이라고
구겨넣는다
나는 잠 못드는 거리의 풍경을 읽는다

내일이면 다시 일어나
다시 입고 나올 자켓 속에
네 목을 옥죄는 넥타이가
저녁을 기다리고 있음을

라디오

너는 거기 없었다

무릎을 맞대고 귀기울이면
엽서로 부쳐온 사연들이 집으로 돌아왔다
너의 행방을 알 수 없어서 얼굴 없는 목소리에 주파수를
맞췄다
일파만파로 번지는 목소리를 따라가다보면 바다에 이르기
도 했다
소금기 가득한 목소리로 갈매기가 물고기를 낚아채었다
푸른빛의 목소리가 해안선을 맴돌고
눈물을 훌쩍거리는 안경너머로
파도의 심야드라마가 끝날듯 끝날듯 끝나지 않았다
뻔한 일몰을 지겨워하면서도
끝나지 못하는 인연의 채널을 벗어나지 못했다
서로를 비껴가는 바람 소리같이
얼굴 없는 너의 거처를 찾지 못하고
노래를 따라부르며 사람들이 죽음을 맞이했다
시간이 흐른 뒤에도 아버지가 따라부르던 노래가
두만강 푸른물에 젖어들었다

아이캔 I CAN

물의 내면을 처음 만나는 것처럼 뚜껑을 딴다
들어가기 전까지는 아무도 모른다
물의 도수를,
흐르는 강물을 오래 들여다보다가 취해서 돌아오기도 했다
강물은 가끔 찌그러진 얼굴로 나를 끌어들였다
여기가 바닥이라고,
구석에 처박혀 적당한 어둠과 밀폐되는 순간이 있었다
견딘 시간들이 전혀 다른 맛으로 돌아올 때
우린 취한 것이 아니라고 했다
책상 위에 남겨진 캔과 과자 봉지는
눅눅한 시간을 지나서 발견 되었다
시간을 미루어놓고 아무것도 하지 않은 손이
마지막으로 찌그러트린 것은 바닥을 보고 싶지 않은
한 모금이었는지도 모른다
닭울음소리 울리기 전에 입술을 닦은 자들이 있었다
뚜껑을 열면 아무 것도 아닌 것들이
질문을 멈추고 사라졌다
비어 있는 시간을 조용히 견딘 외눈박이 창으로 .
출처를 알 수 없는 거품이 흘러나왔다

부엉이가 사는 방

너의 눈은 밤에 스며든다
겨울 서랍 속에서 너를 꺼낸다
눈의 깃털이 아직 녹지 않은 철원 어디 쯤
그 곳의 밤을 너는 가져왔다
그녀의 눈으로 밤의 서랍에 불이켜진다
부엉이가 토해놓은 펠릿 덩어리를 씹으며
나는 새벽에 도착할 것이다
사진 속의 눈빛으로 우리는 더듬거리며
밤의 깃속으로 걸어들어갔다
밤눈 밝아지는 술을 마시며 숲은 일렁거리고
잠들지 못하고 너를 두려워하는 작은 것들이
바닥을 끌고가는 소리,
잃어버린 도마뱀이 꼬리를 잘라내고
최초의 벽을 넘어갔다
탈피하다 멈추어버린 도마뱀 한 마리도 서늘한 벽에 붙어있다
낙엽인 줄 알았는데 숨죽이고 부스럭거리는 ,
그러나 너의 소리는 숨소리조차 없다
사나운 눈빛만 살아있는 것들을 부축일 뿐,
살아서 새벽에 도착할 것이다
이 바닥은 안전하고 지하로 가는 문은 열려있다

네 울음이 들리기 전에 나는 이 방을 떠날것이다
아직 눈이 녹지 않은 깃털은 벌판에 이르러 빛을 발할 것이다
밤의 서늘한 숲을 날아서 스밀 사람의 살은
너의 눈을 빌어 앞을 볼 것이다

종점

막차는 깊이 잠들어가는 종점을 깨운다
안개 속에 서성이다가 몇 번이나 버스를 놓쳤다
달리는 버스에 손을 뻗쳐 겨우 막차를 타고 가는 길
왼 손엔 허기가 오른 쪽 귀엔 졸음이 쏟아졌다
잊어버린 음악 속으로 끌려가는 이어폰
Stranger in Moscow*가 끝나면 종점에 도착할 수 있을까
기분이 어떠냐고 가슴을 쿵쿵거렸다
희미하거 들리는 사람들 목소리 앉았다 일어서고
검은 혀들이 바닥에 흩어졌다
창가에 스치며 사라진 것들이 음악을 남겼다
영원한 불빛을 꿈꾸며 가수는 밤 무대에서 노래 부르고
흔들리는 마음은 밤을 깨트렸다
도착한 종점은 바퀴에서 굴러떨어진 발자국으로 질척거렸다
운행이 종료된 운명도 노래부를 수 있을까
이어폰을 꽂고 있던 어깨를 두드리며 버스가 정차한다
이 봐 종점이야!

벽과의 사랑

눈물이 고여 있는 벽이 있다
너도 그 벽을 아니
무심코 등을 기댄 벽이 눈물 이였다는 것을
눈물을 느끼지 못한 계절
그것이 눈물이라는 걸 알기까지는 오랜 시간이 흘렀다는
것을

세월은 그런것이야 !
참 무책임하게 탔하던 너라는 벽이
나였다는 것을
그것이 나였다는 것을 알기까지는
시간을 얼마나 짓밟았을까
그 얼굴을 기억하니 ?
너였는 줄 알았는데 나에게 돌아온 수 만 가지 얼굴
모든 것을 잊고 잠을 자려던 얼굴을 기억해?

그림자지던 벽을
벽은 너무 환하고 찰란했지!
그런 날 눈물이 더욱 더 환해진다는 것을 알게 되었지
죽음이 그렇게 환하게 온다면 잠을 청할거야

늘 기댔던 벽처럼 따뜻한 말 한 마디 낙서로 남기고
벽이 있어서 더욱 애증했고
벽이 있어서 더욱 탐했고
눈물을 이해했던
너의 눈에 눈물이 마르던 그 순간이 강물이었던 것을

물에도 벽이 있어 흐르는 걸 멈추고 말라갔던 것을 본 적
이 있어
벽은 가슴을 때리는 강물이었어
흘러가고 흘러가다 벽을 허물고 흘러가는 강물이었어

바라보고 바라보다가 눈이 멀어버리다 빛으로 환생하는
죽음의 순간이 벽을 두드리고 있을지도,

어떤 생은 그렇게 찬란하더라
너에게 들려주고 싶은 이야기
잠시 세상의 벽을 두드리다
벽에 기대에 이름 석자 미처 남기지도 못하고
떠나는 바람같은 이야기

결국은 나를 향해 하고 싶어서
너는 벽을 쌓았구나!

눈보라치는

눈보라치는 스카이 라운지
기자들이 모여있었다
모두가 필을 놓고 떠날 준비를 해야했다
폭설이 내렸으므로 발자국을 남기면 안되었다
오랫동안 연락이 두절 되었고
그가 남긴 낡은 수첩이 남아 있었다
창 밖에는 눈이 내리고 얼어버린 유리창을 주먹으로 치며
절규하였다
누군가 스카이라운지에서 폭설 속에 뛰어내렸다
그가 자주가던 한강변에도 그의 흔적은 남아있지 않았다
걷다보니 국립묘지 앞이였고
손발은 꽁꽁 얼어있었다
밤은 길고 지루했다
동지가 지나고 성탄 전야였다
캐롤송이 거리마다 흘러나왔지만
믿음은 사라진지 오래되었다
눈은 발자국을 지우며 쏟아지고
눈보라치는 한강을 떠나지 못했다
눈이 쌓인 나무가지가 툭툭 부러졌다
그가 다리를 절룩거리며

눈 위에 쓰러졌다
아무도 그를 일으키지 못했다

아나키스트

작은 책방이었다
같은 취향의 책을 읽었는지는 기억나지 않는다
아나키즘에 대해 물었다
우리나라 최초의 아나키스트 김산을 들려주었다
여러 곳에서 그의 흔적이 발견되었다
그리 멀지 않은 곳에서 비만 오면 물에 잠기는 도시를 떠
나고 싶어했다
날씨가 흐린날은 저수지에서 낡은 물고기를 건져올렸다
카페 창가에서 빗물이 흐르는 그의 얼굴을 보았다
날씨가 흐린 탓으로 수채화가 되어가는 풍경이 흘러갔다
전화기에서 들려오는 목소리가 물을 끌고왔다
저수지 근처를 맴돌았던 바람 또는 잉여의 시간
커피를 마시며 갈 곳을 물었다
신발을 준비하지 못했다고 했다
모래가 가득한 섬으로 가는 길을 물었다
발자국은 지워지고 낙타만 남아 있는 섬에서
섬이든 낙타든 서로를 묻지 않았다
아주 떠났으면 좋겠다고 했다
돌아올 집을 불때워버리고.

터미널

터미널에서 시작되었다
어디론가 떠나고 싶어서 표를 끊었다
지루한 시간은 자꾸 계란을 깠다
어디에 닿으면 목이 메지 않을까
계란을 다 먹었는데도 버스는 더 멀리 가지 않았다
꼭 바람 때문은 아니었는데
창 밖엔 나무가 흔들렸다

비가 오기 시작하자 어디로든 떠나야 한다고 생각했다
창밖에는 떠나지 못한 사람들이 젖고 있었다
가고 싶은 곳이 생각나지 않았다
더 이상 견딜 수 없을 때 터미날로 발길을 옮겼다

행선지를 찾고 있었고
어디로든 떠나야 한다며 표를 끊었다
목적지는 중요하지 않았고
의자에 앉아있던 기다림을 지워야 할 시간이 오고 있었다

입하

봄비 맞으며 봄은 지나가고
봄비 내린 후에 초록은 더 짙어진다
새들이 둥지를 틀고 짝을 찾아 알을 낳았을 때
그 알에서 막 깍어난 새끼들을 보았을 때
설레임도 잠시
어미가 없는 틈을 타서 호시 탐탐 둥지를 노리는 뱀이 나
타났을 때
여름은 그렇게 시작되었다

담을 훌쩍 넘어 꽃을 피운 장미 곁으로 소녀들이 깔깔거리
며 지나간다
장미꽃을 배경으로 사진을 찍으며
손을 흔드는 풍경 속에는
치마가 푸른 하늘로 치솟았다

스무살 그 무렵에 여름이 시작되었을까
아카시아 향기가 가슴에 아려오던 숲
공허한 하늘이 절벽으로 내려앉았다
어디에도 없는 구도자를 찾아
방황한 숲에는 짓무른 초록이 묻어났다

어디를 가나 물 오르는 청춘을 탐하는
손길이 있었다
등을 후려치고 등을 잡는 배신자들도
독이 오르고 있었다

그 여름에 들어서지 않고서는 다음 여정을 짐작할 수 없었다

틈

틈만 나면 너는 약을 먹었지만
너의 병은 더 깊어졌다

틈이 보이기 시작할 때 이미 늦은 걸 알았다
손 쓸 틈도 없이 죽어간 모든 것들을 애도하며 꽃 한송이
올렸다

틈으로 빗줄기 들이닥치고 어느 틈에 걷잡을 수 없이 젖어
오던 바닥을,

시멘트 틈을 비집고 뿌리 내린 민들레의
영역을 이해하지 못했다

틈을 파고 들었던 통증이 깊은 후유증을 남기며 살아가고
있음을
돌이킬 수 없는 틈으로 바람이 주인이 되었음을

오랫동안 비어 있던
네가 없었던
그 틈으로 내가 알지 못하는 것들이 뿌리를 내렸다

하루 이틀 모르는 틈에 번진 습성이 몸에 번지고
어느 틈에 나도 몸에 좋다는 약을 먹었다

계절을 이해한 뿌리들이 살아남을 수 있는 틈에 기생한다

틈을 노리고 틈을 타서 공격하는 짐승의 질주
본능이 살아나는 틈을 타서 종족은 자꾸 번식되었다

부활절

알을 깨고 나온 눈은 축축한 피를 머금고 있다
아직 피냄새 가시지 않은 깃털에서
인간의 냄새가 났다

체온을 깨고 나온 양지
비둘기 눈을 닮은 아이들이 따뜻한 벽에 피사체로 매달려
있다

곰팡내 나는 어깨를 서로 비비며
먼 훗날 계란만한 집에 살자고 알을 품었다

어린 날을 벗어놓은 음지에서 새와 도마뱀을 그렸다
새는 날지 못하고 도마뱀은 담을 넘지 못했다

껍질을 깨고 나오다가 흉터가 생기면 어쩌지,
예수를 걱정하며 뜨거운 계란 속을 걷던 아이들

오랫동안 가슴에 품고 있으면 껍질을 깨고 나올까,
이불 속에서 킥킥거리며 품었던 온도는 좀처럼 오르지 않
았다

웃풍이 심해서 누런 코를 달고 살았던 아이들의 주머니는
터져 있었다

무엇을 담아도 새어나가는 바람이 문풍지를 두드렸다

얼음이 녹는 계절이 오면 아이들은 종소리가 들리는 곳으
로 껍질을 깨러갔다

4부

바람은 혼자 다니지 않는다

바람은 혼자 다니지 않는다

뼈있는 말을 흘려보낸다
바람이 지나간 자리 발자국은 돌아오지 않았다
어제는 어깨동무를 하고 오늘은 헤어졌다
바람에 묻어 있는 냄새로 너를 찾았다
풍경이 흔들렸다
심해에서 몰아치는 바람이
물고기의 행방을 물었다
비린내를 안고 멀어져간 골목에서
남아 있는 가시가 입 밖으로 새어나왔다
잠깐 스쳐간 바람이었는데
어딘가에 남아있는 흔적을 끌고왔다
진창의 구름 속에서 희미하게 웃던 눅눅한 허기 같은 거
뒷골목을 끌고온 바람은 사람과 뒤엉켰다
어디로 갈지 몰라 바람에 섞였다

흰소

싸우기 직전의 성난 뿔도 없는
싸움을 놓아버린 체념의 뿔도 없는 흰소를 본다
이 땅 끝까지 가다가 깡마른 뚝심으로 견뎌야할 때
내장에 붙은 뼈까지 드러내며 달려가는 소의 눈빛은 경건하다

살은 과거로 채워지고
현실은 뼈로 돌아와
날마다 먹는 밥을 되새김질 한다

무엇이든 되받아쳐야 살아남을 수 있는 성난 걸음으로 황
무지에 닿은
흰소는 이땅에서 희미해졌다

황금빛 들판으로 달려나가던 흰빛
갈비뼈 마디마디 세우며 땅의 기운으로 살아가자고
흙먼지 일으키며 달려가던 길

더 가야할 길이 있다면 흰소가 걸어갔던 황무지
황토빛 바람이 이는 들판에 닿으리라

에덴의 동쪽

아침 해가 먹다 남긴 사과를 밀어올린다
벌레 먹은 한 쪽이 귀를 씻는 동안
수평선에 닿은 배가 아득해진다

사과가 떨어지는 곳은 남녀의 발 밑
누구든 한 입 베어 먹어 본 적이 있는 푸른 맛
시간은 빨리 흘러가서 저 높은 사과에 손이 닿을 만큼 꿈
을 키웠다

네 머리 속이 사과 밭으로 가득 찰 동안
아침해는 매일 떠오른다
나는 네 머리 위에서 사과 꽃이 되거나 나비가 되거나
숲의 비단이파리를 모아서 방주를 짓는다

미래의 걱정이 홍수처럼 들이닥치면
방주를 타고 사과나무 위까지 노를 저어가리라

끝내 에덴의 동쪽으로 흐르다 보면
꿈을 짊어진 남녀가 사과 나무를 키우는
바다에 닿으리라

바다는 푸른빛과 붉은빛으로 마주치다
사과꽃을 피우며 돌아온다

저 높은 곳의 사과에 손이 닿을 만큼
파도를 지나왔다면
오늘은 에덴의 동쪽에서 사과를 먹으리라

제라늄

허물어진 수레가 먼지 날리는 길가에 버려져 있다
무릎마저 주저앉은 등허리에 꽃 핀 제라늄
바람이 불때마다 심장이 덜컹거린다

원형의 굴레를 벗어나고자 달려온 길은
오래전에 지워지고
그 길에는 낯선 것들이 뿌리를 내렸다

뿌리 내리지 못하고 뿔뿔히 흩어진 주인을 찾았지만
이제 다른 이름으로 불리고 있는 길을 지나왔다

바람이 부는 곳이라면 어디든 날아가고 싶은 꽃씨였을까
수레 속에 한 가득 피워올린 붉은 꽃이
오랫만에 모여 수다를 떨었다

꽃밭인 줄 알았는데 어디인줄 모르고 가속을 내어 달려가
는 바퀴였다
네 발 달린 짐승이 되어 정글도 마다않고 뛰어들었다

더 빨리 달리기 위해 낮은 포복으로

바닥과 다리는 한 몸이 되어 공중을 날았다

정글은 뜨겁게 달궈지고
가속이 붙은 심장은 질주하는 길에 스몄다

두 개 혹은 네 개의 심장으로 덜컹거리는 제라늄
오늘 밤 피를 흘리며 꽃피는 밤을 기다릴까

무너진 집에서 낯선 꽃이 피어날 때
꽃씨는 가출을 했다

칸나

한번도 날지 못하고 박제된 붉은 새 한마리
마을 입구에 서있었다
먼지 뒤집어 쓴 좁은 길을 따라서
펄럭이던 붉은 잎
소하리의 안부를 묻는 시집을 읽다가
흙먼지 날리는 길을 늦가을까지 걸었다
목장을 돌아가면 수풀 속에 방치해 둔 개들이
검은 혓바닥으로 짖어대던 70동 마을 입구,
여기쯤이었을까
39페이지에서 멈춘 발자국
달맞이 꽃이 공동묘지를 밝히고 있었다
칸나 키만큼 자라난 아이가
자전거를 타고 소하리 경계를 몰래 넘어 갔다오고
해질녘까지 돌아오지 않는 아이를 기다렸다
흙묻은 칸나 꽃잎을 들고 오던 아이 입에서 들소리가 났다
불꺼진 소하리 공장 위에 흐린 별이 흘러가고
늦은 귀가를 서두르는 공장 사람들이
발에 걸리는 칸나를 걷어찼다
칸나는 검은 그림자를 부스럭거리며
깊어가는 가을을 알렸다

독버섯

빗물이 몸의 경계에서 맺힌다
반나절이 녹슬어 무너지는 지붕 밑
아직 남아 있는 이유를 물었다
우산 밑의 잠을 깨우면
먼지를 일으키며 눈을 아프게 했다
나도 모르게 스민 독이
나를 세워놓았다
비가 그치고 난 뒤에도
빗물이 남아 있는 자리를 찾아 집을 지었다
비오는 거리에서 서성거리던 푸른 독
독을 품은 사람이 연기를 내뿜으며 지나가는 거리
독을 품은 사람을 쉽게 놓아주었다
다시는 돌아오지 말라고 경계석을 세웠다
죽음의 포자를 남기고 떠난 사람들이
비오는 날에는 우산을 쓰고 솟아났다
장마가 길어진 강 하구로
황톳물을 뒤집어 쓴 포자들이 마을로 스며들었고
가출을 하는 아이들이 많아졌다
눈이 멀어서 돌아온 아이들이
집 밖으로 나오지 않았다

맨드라미

화려한 왕관보다 몸을 탐했다
살찌는 계절에 털을 취했다

봄이면 장터에서 병아리 몇 마리 불러들였다
이불 속에서 미래에 닥칠 껍질을 키웠다
겨드랑이 근질거리는 통증을 밀어내며
문턱을 넘으면
개나리인지 병아리인지 바람이 휘청거렸다

공동변소 주변을 기웃거리며 구더기를 쪼아 먹은 닭들은
살이 오르고
발톱에 저녁을 물고 귀가한 닭들은
제 몸 보다 넓게 날개를 펼쳤다

밤새 웅크려 있던 닭장을 찢으며
암탉이 새벽을 열었다
잠긴 목을 풀며 찬물을 들이킨 닭은
붉은 벼슬을 치켜올렸다

한 바탕 소나기가 지나가고

아버지는 숫돌에 칼을 벼린다
한 여름 동안 살이 오른 닭 한마리
아버지 손에 끌려나온다

울음의 벼슬이 잘려나가고
온 가족이 둘러앉아 허기를 채웠다
기름기 가시지 않은 하숫가에 널린 핏자국
피묻은 닭털이 무릎까지 튀어올랐다.

맨드라미꽃 타는 여름
붉은 벼슬이 솟구쳤다
짐승의 발자국 소리를 끌고오는 아버지
달빛이 너무 환하다고 칼을 벼린다

돌산

바람 부는 날이면
돌가루 날리는 소리가 들렸다
싸락눈 내리는 소리인가
문이 열렸다
돌은 가만히 있지 않고
제 살을 깎아내었다
스스로 마음에 금을 내고
비탈길로 굴러갔다 더 멀리 가기 위하며
발자국 없이 살아낸 흔적이
자꾸 미끄러졌다
돌산에 가서 빨래를 빨며 돌에 누워 놀았다
빨래를 널어놓고 잠이 들면
마른 옷들이 바람에 날아가 돌아오지 않았다
언니는 옷을 찾으러 석양을 따라갔다가 길을 잃기도 했다
해가 지면 바람 소리조차 무서운 산길
돌은 수많은 군상으로 수런거렸다
돌이 말을 한다고 언니가 입을 막았다
아직은 따뜻한 돌을 의지하며
밤이 깊지 않았다고 내 손을 꼭 잡았다
달빛은 환하게 솟아오르고

엄마는 버선 발로 마당에 나와
이불 호청을 걷어내었다
눈에 돌가루 들어간 듯 눈물이 흐르는데
꼭꼭 씹어 먹는 밥이 서걱거렸다

어떤 날

세상은 모래 속에 잠들어 있고
모래 속에서 들려오는 시인의 노래
맨 마지막 강을 넘었던 물소리였네
가슴에 넘나들었던 이야기를 끌고
낙타를 타고 세상 끝을 향했던
우리들의 바람은 모래가 되었네
보이는 것도
보이지 않는것도
모래의 신성한 눈을 가지고 있네
이 작은 알갱이 속에서 세상이 열리고
꿈을 꾸듯이 살았으므로
한줌의 모래가 손가락 사이로 흩어지듯
바람은 풍요로왔네
모든 것을 날려버릴만큼 큰 바람이 불었고
부서지는 모든 것은 아름다왔네
돌아오지 않을 것이라 더 풍요로왔네
구름이 적셔놓고 간 언덕에는
아직 인간의 숨소리 사그락거리고
비를 기다리는 풀은
목덜미 서늘한 마지막 인사를 기억하네

눈을 감으면 모래 속에 잠긴 세상이
환하게 솟아오르네

마스크

가면을 쓰듯이 또 하나의 얼굴을 기억한다
마스크는 미세먼지 가득한 도시의 패션으로부터 왔고
우리는 익숙하게 마스크를 쓰고 눈인사 한다
중국 우한에서 시작된 바이러스는
변종을 거듭하며 새로운 이름표를 달고
국경을 넘어 사람으로 옮겨왔다
새로운 생존 방식으로 날개 단 사람에게 기생하는 것
황금 가면을 쓰고 오래전에 누운 왕이 침묵했듯이
마스크를 쓰고 봉인된 인류여 !
버스, 전철, 비행기, 크루즈 선, 식당, 커피숍, 병원, 교회에서
우리가 모였던 그 곳이 만찬이 되어
통제되지 않는 침입자
오염된 침을 피해 은둔을 하지만
어느 곳도 안전하지 않아
1차 2차 3차 4차까지 예방주사를 맞고도
죽음을 맞이했던 이웃들
마스크로 삶을 봉인했지
손을 잡아서도 안되고 마스크를 쓰고 눈인사만 하다 헤어졌지
눈빛으로 마음 읽는 법을 배워야하는 시절이었어

테이크아웃의 계절

테이크아웃한 커피에서 나뭇잎 타는 냄새가 난다
떠날 준비를 하는 바람 속에서 나를 불러내는 수신호
나뭇잎의 지도를 읽는다

몸살없이는 건너지 못하는 계절
초록불을 기다리는 몇 초도 마음을 태우고
건널목에 두고 온 그림자가 바람 속에 펄럭인다

아직은 집으로 돌아가지 못하는 시간
목적지를 정하지 못하고
언젠가 가보리라고 수첩 속에 적어 둔
길을 찾는다

나무를 버리고 노을 속으로 발을 들여놓은 새의 길을 따라
가다
눈시울이 붉어진 허공

나뭇잎이 불어가는 곳으로 휩쓸리다가
길 밖으로 쏟아진 군중을 본다
어디로 가고 있는지 묻지 않고
묵묵히 낙엽 밟는 소리 들었다

출입증

나의 얼굴이 암호가 되고 있다
나를 인증하는 비밀번호를 자주 잊어버리고
새로운 비밀번호를 미래에 저장한다
나의 주소는 우주에서 떠돌고
나 없는 곳에서 나는 거래된다

당신을 통과하기 위한 나의 체온은 36.5도
체온을 재는 일이 너무 흔해져서
특별하지도 않은 우리의 만남은 알코올에 증발된다

당신을 두드릴 때 마다
전화번호 혹은 생일, 자동차 번호
세상에 흩어져 있는 숫자를 조립한다

당신을 열려고 하는 의문과 미소
특수문자 하나 쯤은 끼워넣어야 심장이 로그인될까

문 앞을 가로막는 장애물을 넘지 못하고
점점 멀어진 시선,
당신의 등 뒤에 찍힌 어둠의 바코드를 읽을 수 없었다

창문을 열고 어둠을 해킹하는 밤
당신은 거기 있지 않았다
당신이 놓고간 지갑에 당신의 세상이 활짝 열려 있었다

아직은 따뜻한 지문으로 밀고 들어가는 현관문 앞
매일 산에서 내려오는 바람의 송장 번호
빗살무니 표정을 풀어헤친다

만추

목마름을 견디는 시간이 길어진다
아침 저녁 온도차가 심할 수록
제 속의 깊은 색깔을 끌어낸다
목마름 끝에 욕망이 발화한다

조용히 스며드는 가을빛에 몸을 내맡겼다
흰노애락을 섞어 밥을 짓는 오후
밥 맛이 떨어졌다며 노란 잎을 떨구는 은행나무
마음이 떠날 때는 냄새없이 떠나기를 바랐다

창가에서 햇살을 견딘다
마음의 근육까지 물들면 겨울을 맞이하리라

아무것도 준비한 것 없어요 하며
누추한 나뭇잎을 깔아놓은 길은 서걱거리는 발자국을 부른다

낙엽을 따라 더위도 가버렸으니
이젠 누추한 마음이라도 빌어 몸을 뎁혀야 할 길목에 섰다

우듬지 위로 하늘이 보이고
잠시 마음은 푸른 하늘에 다녀왔으니
서늘한 편지는 나무 우체국에 꽂아놓고
서둘러 불을 지핀다

등 돌리면 다른 사람이 보이고
하룻 밤새 변절한 나뭇잎의 세상은
각양각색으로 바닥을 다지는 일

사람의 발자국을 빌어 길은 여러갈래로 흩어졌다

주상절리길

봄바람은 어디서 오는가
봄바람이 먼저 다녀간 주상절리길
기둥에 새겨둔 무늬들은
먼저 간 사람의 발자국을 한탄강에 띄우고 바람인 듯 흘러
가더라
은하수교에서 아직 버리지 못한 탐심에 눈감고 흔들리다가
아차 여기는 무거운 것 다 던지고 가야 홀연히 가벼워져서
고석정에 닿으리라
일행들은 앞서거니 뒤서거니 풍경 속에 박혀있는
기둥 하나씩 뽑아 천년이라도 살 듯 한데
어느 뜨거운 밤이 넘쳐 흘러서 육체를 태우고도 뼈로 세웠
으니
우리는 그 기억을 못 박아 먼 훗 날에도 다시 만나리라
한탄강을 아래로 두고 나는 물빛으로 흔들리다가
초록잎에도 귀 기울여 더 놀다 가자고
쉬워지는 마음을 거기 풀어놨더라
어디로 가랴
이 봄에 어디로 가랴
내 차가운 등을 기댄들
내 어수선한 마음을 기댄들

다 받아줄 듯도 하여 하룻 밤도 마다않고 싶은데
주상절리길 드르니에 이미 들어간 사람들
마음에 새긴 기둥 하나씩 뽑아 들고 누워 가더라

예외의 항목

목포 가는 길 소나기를 만나
예정에 없던 *죽녹원에 들렀다
빗방울 굵어지고 날 선 생각들이
우후죽순처럼 자라났다
어디로 갈까 서로의 댓잎으로 얼굴을 스치며
하룻밤 누워가자고 그녀가 나를 꺾는다
땅밑을 갈아엎은 침묵이 흙탕물을 타고 내려왔다
대나무가 쏟아내는 습하고 더운 열기에
푸른 마디의 땀이 미끄러졌다
피서철이라 대부분의 숙소는 매진 되었다고,
대나무 꼭대기에 올라 빈 방을 찾았다
소나기는 황톳물이 범람할 때까지
푸른 발톱을 내려놓지 않았다
일기 예보는 예외의 항목을 읽어내지 못하고
우리는 무릎까지 차오르는 여독을
다 풀지 못하고
죽녹원 처마 밑에서 고온다습한 피서를 보냈다

거울속 바다에 투영된 노마드의 미학

박영봉(시인, 문예대안공간 라온제나&갤러리 대표)

박수현 시인의 시를 읽으면서 삶이 이토록 '고상한 아픔도 있구나'라는 생각이 들었다. 어떤 의미에서 시는 미학에 바탕을 둔 포에지 찾기다.

그러나 박수현 시인의 시편들은 포에지에 머물러 있지 않고 그 너머의 세계를 꿈꾸는 유목민의 정신으로 가득 차 있다.

어느 민족을 불문하고 역사를 거슬러 올라가면 채집 경제 사회에서 목축 사회로 넘어오면서 삶의 영토를 찾아 끊임없이 이동하는 유목 생활을 해 왔다. 농경 사회에 들어서면서 정착이란 이름으로 촌락이 생기고 마을이 생기기 시작했다. 그렇다고 해서 인류에게 유목생활이 끝났다고 단언할 수 있을까.

들뢰즈와 가따리는 그들의 욕망이론에서 '앉아서 하는 유목' '돌아다니며 하는 정착'이거나 그 모두가 유동하는 정착의 다른 이름일 뿐이라고 지적하고 있다.

박수현 시인의 시편을 읽다보면 쉴새없이 출렁거리는 바다를 상상하게 되기도 하고, 시인이 밤을 잃고 찾아 헤매던 포에지가 과연 무엇인지 스스로 해석하고 풀어나갈 줄 아는 시인이라는 생각이 든다.

그런 의미에서 시인은 유목민의 후예답게 새로운 삶을 꿈꾸는 노마드 정신을 바탕으로 포에지를 찾아서 자신의 시편들을 완성시키는 시인이다.

내 얼굴을 비추고 싶지 않은 계절이 왔어
사계에도 없는 백색의 계절이 거울 속에 있었지
당신의 중심이 흔들릴 때 백색의 거울이 무너져 내렸어
당신을 떠받치고 있던 투명한 기둥
옷을 벗고 입을 때 마다 전라의 생이 백색의 뿌리를 내렸지
나의 어린 시절로 거슬러 올라가는 찬란 한 빛
빨간 스웨터를 입고 거울 앞에 서 있을 때
황혼의 햇살이 바닷물로 밀려 들어왔지
붉은 바다를 끝없이 걸어가다 보면
노을이 남기고 간 흑백의 액자가 흔들리곤 했지
액자 속의 당신은 과거의 물이 흐르지
당신이 거울 속에 서 있으면 무엇을 배경으로 살지 막막해져
등 뒤에 있는 배경들은 영원히 손 닿지 않는 곳
나를 가리고 있는 나는 거울 속에 나를 버리고
당신의 투명한 얼굴을 찾아헤맸지
나를 온전히 찾을 수 있는 거울이
당신 속에 있을 것 같아
겨울에는 눈이 내리는 거울 속을 걸었어
충만 하지 않은 내 뒤는
날마다 어둠을 키웠지
뒤 돌아서면 영원히 나를 보여주지 않는
거울속의 바다는 지금은 어느 계절일까

나는 아직 물들지 않았어

「거울속의 바다」 전문

박수현 시인의 시편들을 읽다보면 자신과 타인 안에 내밀히 자리잡고 있는 수많은 이야기들을 꺼내 시어로 형상화 시켜나가는 것을 발견할 수 있다. 달리 표현하면 자신과 타인이 충돌하는 지점에서 시적 발아점을 찾는다고 할까.

그의 시를 읽다보면 쉽게 접근 할 수 없는 시적 공간과 마주치게 되는데, 시인은 타자와 자신을 동질시 하면서 시를 이끌어 나가기 때문이 아닌가 싶다. 그만큼 상상력의 진폭이 크다고 하겠다.

박수현 시인의 「거울속의 바다」 첫 행에서 '내 얼굴을 비추고 싶지 않은 계절이 왔어' 라고 고백한다. 어찌보면 자신의 내면을 드러내고 싶지 않다는 진술에서 '사계에도 없는 백색 계절' 이기 때문에 이 세상에 없는 계절이 거울속에 있다고 진술해 나간다. 이 시에서 '백색' 은 아무것도 덧칠되어 있지 않는 순수의 세계로 읽힌다.

'당신의 중심이 흔들릴 때 백색의 거울이 무너져 내렸어 / 당신을 떠받치고 있던 투명한 기둥'

이 시에서 당신은 나의 다른 모습이다. 내 안에 또다른 자아, 즉 나와 당신을 떠받치고 있던 '투명한 기둥' 은 타자와 자신을 동일시하고 있는 상징물이 아닐런지. 그런의미에서

119

박수현 시인은 타인을 통해서 자기 자신의 정체성을 들여다 볼 줄 아는 시안을 가지고 있는 시인이다.

뒤이어 '옷을 벗고 입을 때마다 우리는 알몸 그대로의 백색 뿌리를 내리고 있다'고 증언하고 있다. 백색은 투명한 뿌리와 상통한다. 그래서 옷은 인간이면 누구나 숙명적으로 지니고 있는 허위이고 가식으로 읽힌다.

'거울속의 바다'라는 시에는 섣불리 해석할 수 없는 많은 상징적인 메타포를 함축하고 있다. 특히 바다는 지구상의 모든 생명을 탄생시킨 근원지다.

어린시절로 거슬러 올라가는 찬란한 빛의 원형을 바로 바다라는 상징적 이미지로 눈앞에 펼쳐놓고 있다.

그런 의미에서 이 시의 주제는 영원히 손에 닿지 않는 곳, 너와 나의 투명한 얼굴로 만나고 화해하려는 시도다. 그런 의미에서 이 시편은 현실에 결코 안주하지 않으려는 정신적인 유목민의 노스텔지어로 읽힌다.

여기 까지가 당신의 가슴입니다
책상의 반을 가르듯 우리는 오른쪽과 왼쪽
구분을 했습니다

잘 구분되지 않는 사람도 있습니다
남자인지 여자인지 중요하지는 않았는데
참 그게 중요했습니다

중요 부위를 가리라고 하면 우리는 어디를 가릴지 몰라 생각에 잠겼
습니다

가슴에서 멀어질수록 생각하는 로댕의 무릎을 쳤습니다
생각하는 갈대를 이해할 수가 없었습니다

바람부는대로 살아가다가 당신의 선을 넘을까봐 두려웠습니다

당신의 왼쪽과 나의 오른쪽 어깨가 부딪히는 시련이
우연히 지나갔습니다

생각하면 참 좋은 날이 번개처럼 지나갔으므로
당신의 가슴은 가끔 벅차 올랐습니다

상, 하를 구분 하는 것이 가능할까요?
다리를 움직이지 않고 심장을 옮길 수 있을까요?

난 그런 밤에 바람부는 대로 날아가고 싶었습니다

「잃어버린 밤 2」 전문

박수현 시인은 「잃어 버린 밤」의 시편에서 타자와 나의 세

계에서 쉽게 좁혀지지 않는 '거리감'을 증언하고 나선다. 나와 당신 사이에 '거리'는 여자인지 남자인지 중요하지 않다고 진술하지만 남여라는 성별에서 오는 차이는 불가항력적이라는 현실을 깨닫는다

'가슴에서 멀어질 수록 생각하는 로랭의 무릎을 쳤습니다'에서 인간의 나약함이라고나 할까? 생각과 행동의 이율배반적인 사실을 시인은 진술하고 있다.

파스칼은 그의 저서 팡세에서 '인간을 생각하는 갈대다'라고 명명했다. 인간은 자연이나 우주 안에서 갈대처럼 연약한 존재이지만 생각하는 능력을 가지고 있기에 위대하다는 명제다.

그러나 박수현 시인은 '생각하는 갈대를 이해할 수 없었습니다'라고 고백한다. 그 이유는 무엇일까? 시인은 '생각하는 갈대를 이해'하지 못한 것이 아니다. 너와 나의 생각과 행동의 상반된 현실을 목격하면서 그 사실을 역설적으로 증언하고 있다고 풀이되고 읽힌다.

'당신의 왼쪽과 나의 오른쪽 어깨가 부딪히는 시련이 / 우연히 지나갔습니다'라는 전언에서 당신과 나와의 만남이 지나간 과거의 일이기는 하지만 '시련'이었다고 진술한다. 시인은 우리 모두의 인간 관계는 우연이든 필연이든 엇박자에 놓여있음을 암시하고 있다.

박수현 시인은 그런 날들 조차 아름다운 추억의 한 페이지에 묻어두고, '그런 밤에 바람부는 대로 날아가고 싶었습니다'에 이르게 되면 영원한 노마드를 꿈꾸는 시인의 열정이

느껴진다.

> 한 수저씩 떠먹다가 들이키는 마지막 순간이 참 아쉬웠습니다
> 손을 어디다 놓을지 몰라 뒷짐을 지고
> 밥 없이는 참을 수 없는 비애를 흐느꼈습니다
> 내 어깨를 두드리는 저녁과 어둠 사이에서
> 누가 먼저 와도 나는 괜찮다고 생각했습니다
> 당신의 흰 얼굴을 또렷이 바라볼 수 있는 수은등이 좋았습니다
> 이것과 저것을 구분하는 것이 더 힘들어지는 밤이었습니다
> 은하수가 또렷이 보이는 밤에 당신의 흰 얼굴을 바라봅니다
> 밥을 지을 시간 흰 쌀이 추르륵 흘러내리는 소리
> 당신이 오고 있습니다
> 밥 짓는 냄새가 끓는 체온을 참으며 톡톡 터지고 있습니다

「당신을 위한 수식어」부분

지상의 모든 살아 있는 생명체는 제 나름의 먹을거리에서 생존에 필요한 영양분을 섭취하여 생을 유지해 나간다. 박수현 시인의 「당신을 위한 수식어」에서 '당신'은 우리가 하루도 거르지 않고 먹어야 살 수 있는 밥으로 읽힌다. 그런 의미에서 시인은 밥과 수식어 간의 함수관계를 시인의 눈으로 예리하게 포착하고 있다고 하겠다.

우리가 먹고 마시는 밥에는 수많은 수식어가 따라붙기 마

련이다. 그래서 시인은 밥은 수많은 의미를 간직하고 있다고 보면서, 그 의미를 수식어로 명명한다.

시인은 '손을 어디다 놓을지 몰라 뒷짐을 지고 / 밥 없이는 참을 수 없는 비애를 느낀다고 고백하고 있다. 사람이면 어느 누구나 따뜻한 밥과 잠자리를 그리워한다. 그러나 먹어야만 살수 있는 인간의 실존적 한계 앞에 시인은 비애를 흐느꼈다고 진술한다. 하루 세끼 밥을 챙겨먹는 일이 쉽지 않다는 의미다.

'밥을 지을 시간 흰 쌀이 추르륵 흘러내리는 소리 / 당신이 오고 있습니다' 여기서 '당신'은 하루의 허기로 읽힌다.

시는 포에지 찾기다. 그런 의미에서 박수현 시인은 우리들의 일용할 양식 조차 미학적인 정서로 승화시켜 시적 완성도를 높이는 탁월한 심미안을 가진 시인이다.

너의 눈은 밤에 스며든다

겨울 서랍 속에서 너를 꺼낸다

눈의 깃털이 아직 녹지 않은 철원 어디 쯤

그 곳의 밤을 너는 가져왔다

그녀의 눈으로 밤의 서랍에 불이켜진다

부엉이가 토해놓은 팰릿 덩어리를 씹으며

나는 새벽에 도착할 것이다

사진 속의 눈빛으로 우리는 더듬거리며

밤의 깃속으로 걸어들어갔다

밤눈 밝아지는 술을 마시며 숲은 일렁거리고

잠들지 못하고 너를 두려워하는 작은 것들이 바닥을 끌고가는 소리,

잃어버린 도마뱀이 꼬리를 잘라내고

최초의 벽을 넘어갔다

탈피하다 멈추어버린 도마뱀 한 마리도 서늘한 벽에 붙어있다

낙엽인 줄 알았는데 숨죽이고 부스럭거리는 ,

그러나 너의 소리는 숨소리조차 없다

사나운 눈빛만 살아있는 것들을 부축일 뿐,

살아서 새벽에 도착할 것이다

이 바닥은 안전하고 지하로 가는 문은 열려있다

네 울음이 들리기 전에 나는 이 방을 떠날것이다

아직 눈이 녹지 않은 깃털은 벌판에 이르러 빛을 발할 것이다

밤의 서늘한 숲을 날아서 스밀 사람의 살은

너의 눈을 빌어 앞을 볼 것이다

「부엉이가 사는 방」 전문

부엉이는 예로부터 신비로운 새로 여겨져 왔다. 밤에 활동
할 수 있는 뛰어난 시력과 청취력을 가지고 있어 지식과 지
혜를 상징하기도 한다.

몇몇 문화에서는 행운과 풍요로 여기면서 시적인 캘릭터로
등장시키기도 한다.

그러면 박수현 시인의 시에서 부엉이는 무엇을 상징하고

있을까? '겨울 서랍에서 너를 꺼낸다'에서 겨울은 황량하기 짝이 없는 계절이다.

시인은 그러한 겨울 추위에 웅크리고 있는 서랍 안에서 지식과 지혜, 풍요의 상징물인 부엉이를 꺼내놓는다. '눈의 깃털이 아직 녹지 않은 철원 어디쯤/ 그곳의 밤을 너는 가져왔다'라는 증언에서는 시인에게 밤은 절망적인 현실을 암시하고 있지 않을까?

그런 의미에서 박수현 시인이 그녀, 즉 부엉이의 눈으로 인해 어둡고 답답한 현실인 서랍 안에 불이 켜진다고 진술하고 있다.

여기서 눈은 어둠 속에서도 빛을 볼수 있는 통찰력이자 희망으로 읽힌다. 그 사실을 '부엉이가 토해놓은 팰릿 덩어리를 씹으며 / 나는 새벽에 도착할 것이다'에서 은연 중에 암시하고 있다.

어떤 의미에서 부엉이는 시인 자신이다. '팰릿을 씹으며'라는 진술은 인간이 생존하기 위한 삶의 다양한 무대로 읽힌다. 그 다양한 생의 무대에서 살며 사랑하고 아파하면서 시인은 새벽을 맞이 한다고 진술한다.

인간에 대한 실존적인 질문을 하면서 '살아서' 새벽에 도착할 것이라고 긍정적인 시각으로 삶을 노래하고 있다. 더 나아가 부엉이라는 상징적인 새를 통해 '너의 눈을 빌어 앞을 볼 것이다'에서는 절망이 아닌 미래 지향적인 시인의 태도를 견지하고 있다.

알을 깨고 나온 눈은 축축한 피를 머금고 있다
아직 피냄새 가시지 않은 깃털에서
인간의 냄새가 났다

체온을 깨고 나온 양지
비둘기 눈을 닮은 아이들이 따뜻한 벽에 피사체로 매달려 있다

곰팡내 나는 어깨를 서로 비비며
먼 훗날 계란만한 집에 살자고 알을 품었다

어린 날을 벗어놓은 음지에서 새와 도마뱀을 그렸다
새는 날지 못하고 도마뱀은 담을 넘지 못했다
껍질을 깨고 나오다가 흉터가 생기면 어쩌지,
예수를 걱정하며 뜨거운 계란 속을 걷던 아이들

오랫동안 가슴에 품고 있으면 껍질을 깨고 나올까,
이불 속에서 킥킥거리며 품었던 온도는 좀처럼 오르지 않았다

웃풍이 심해서 누런 코를 달고 살았던 아이들의 주머니는 터져 있었다

무엇을 담아도 새어나가는 바람이 문풍지를 두드렸다
얼음이 녹는 계절이 오면 아이들은 종소리가 들리는 곳으로 껍질을
깨러갔다

「부활절」 전문

127

시인은 부활절이라는 시에서 '알에서 아직 피냄새가 가시지 않은 인간 냄새가 난다'고 증언하고 있다.

이 시를 읽으면서 문득 데미안의 한구절이 머릿속에 떠오른다. '새는 알을 깨고 나온다. 알은 곧 세계이다. 태어나려고 하는 자는 하나의 세계를 파괴하지 않으면 안 된다.

그 새는 신을 향해 날아간다. 그 신의 이름은 아프락사스라고 한다' 비약일까?

신은 무소부재의 존재이자 실존적 한계를 가지고 있는 존재의 이상향이다

그런 의미에서 이 시에서 '체온을 깨고 나온 양지' 따뜻한 이상향에 대한 갈망과 희망으로 읽힌다.

인간은 누구나 볕이 잘드는 '양지'를 추구한다. 그것이 마음의 양지든 삶의 양지든 살아 있는 동안은 양지를 지향한다,

그래서 비둘기 닮은 아이들은 따뜻한 벽의 피사체로 매달려 있다는 진술이 따뜻하게 느껴진다. 자연과 인간관계애서조차 따뜻한 체온을 꿈꾸는 시인의 시각이 따뜻하다.

'곰팡내 나는 어깨를 서로 비비며 / 먼 훗날 계란만한 집에 살자고 알을 품었다'에서 지금은 비록 남루한 삶이지만 화자를 통해 꿈과 희망을 잃지 않고 있다는 진술이다.

그러나 새와 도마뱀을 그렸으나 '새는 날지 못하고 도마뱀은 담을 넘지못했다'는 전언에 이르면 현실의 벽은 녹녹치 않았음을 증언하고 있다고 하겠다.

부활절, 부활이라는 제목에서 알 수 있듯이, 현실을 벗어나 다른 이상향을 꿈꾸던 아이들이 모습이 눈앞에 선명하게

다가온다. 시인은 주머니는 터져 있고, 무엇을 담아도 새어 나가는 바람에서는 지난했던 어린 시절을 반추하고 있다.

그러나 시인은 그러한 현실에 머물러 있지 않는다. '종소리가 들리는곳으로 껍질을 깨러갔다' 라는 진술에 이르면 절망을 희망으로 대치하려는 삶의 의지가 엿보인다.

그런 의미에서 박수현 시인은 현실에 안주하는 시인이 아니다. 탈주와 유목을 꿈꾸는 자유로운 영혼을 가진 시인이다.

누구도 범접치 못할 자기만의 독특한 시어들을 통해서 끊임없이 새로운 세계를 찾아 이동하는 노마드 정신과 유목민의 후예다운 시인이라고 단언해 본다.

거울속의 바다

박수현 지음

초판인쇄 • 2024년 11월 20일
초판발행 • 2024년 11월 20일

발행인 • 박영봉
편집고문 • 김가배
편집인 • 박혜숙
펴 낸 곳 • 도서출판 **책마루**

등록 • 제388-2009-0001호(2009년 1월 2일)

주소 • 경기도 부천시 경인로 209(심곡본동) 3층
전화번호 070-8774-3777
모 바 일 010-2211-8361
전자우편 seepos@hanmail.net

ISBN 978-89-97515-38-7(03800)

값10,000원